Cuento de Luz publica historias que dejan entrar luz, para rescatar al niño interior, el que todos llevamos dentro. Historias para que se detenga el tiempo y se viva el momento presente. Historias para navegar con la imaginación y contribuir a cuidar nuestro planeta, a respetar las diferencias, eliminar fronteras y promover la paz. Historias que no adormecen, sino que despiertan...

Cuento de Luz es respetuoso con el medioambiente, incorporando principios de sostenibilidad mediante la ecoedición, como forma innovadora de gestionar sus publicaciones y de contribuir a la protección y cuidado de la naturaleza

CUENTO
DE LUZ

Circo de Pulgas

© de esta edición: Cuento de Luz SL, 2010
Calle Claveles 10
Urb. Monteclaro
Pozuelo de Alarcon
28223 Madrid, Spain

www.cuentodeluz.com

© del texto y de las ilustraciones: Mónica Carretero, 2010
2ª edición
ISBN: 978-84-937814-5-3
DL: M-47453-2010

Impreso en España por Graficas AGA SL
Printed by Graficas AGA in Madrid, Spain,
November 2010, print number 65691

MIXTO
Papel procedente de
fuentes responsables
FSC® C003935
FSC
www.fsc.org

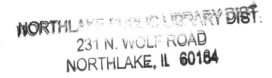

Serie:
ARTISTAS MINI-ANIMALISTAS

Mónica Carretero

CIRCO DE PULGAS

CUENTO DE LUZ

Las pulgas son insectos muy pequeñitos,
es difícil verlos sin hacer un poquito
de esfuerzo. Son bichitos muy frioleros,
por eso siempre eligen para vivir lugares
muy calientes, y por eso también son
tan amantes de los animales.
Sobre todo de los que son peludos.
El hogar perfecto para una pulga es
el lomo de un perro lanudo, la cabeza melenuda de un león
o el grandioso cuerpo de un oso.

Las pulgas a veces no son muy bien recibidas por estos animales
porque tienen la molesta costumbre de hacerles cosquillas continuamente,
y las cosquillas un ratito gustan, pero si se prolongan
pueden ser una tortura.
Las pulgas son de color pardo.
Este color es perfecto para pasar
desapercibido en cualquier lugar,
con una sola excepción:
una montaña nevada.

Pero una vez ocurrió algo sorprendente. Un grupo de pulgas no conformes con vivir entre pelos y plumas, resolvió cambiar su vida y llenarla de color y magia. Este divertido grupo decidió crear un circo. El circo más pequeño del mundo, el grandioso, el extraordinario:

Titotirotiroritotiro, Titotirotiroritotiro
Titiroriro Titiroriro, Tirorirorirorirorororiro
La música sonaba en el interior de la pequeña carpa.

El público estaba terminando de acomodarse en sus butacas. Las pulgas que
vendían palomitas llevaban sus cestos vacíos. María de los Saltos, la pulga caza
talentos, llegaba por los pelos y se sentaba en el mejor palco.
Las luces se apagaron.

—Querido público, queridísimo público llegado de cualquier parte del mundo—. En ese momento un tropel de pulgas africanas se puso a vitorear.

—El espectáculo... —continuó la voz "enlatada"— ¡¡¡ESTÁ A PUNTO DE COMENZAR!!!

Un juego de luces de colores bailaba por las lonas del circo al ritmo del redoble de tambores.

De pronto, todo quedó a oscuras. Todo permaneció en silencio. Sólo un foco iluminaba el centro de la pista y miles de ojitos lo miraban expectantes.

Y sí, queridos, de entre bastidores apareció Eusebio, el gran Eusebio; una pulga más pequeña de lo normal pero con un vozarrón digno del más grande de los ya desaparecidos reptiles milenarios. Vestía un elegante chaqué, zapatos de charol, guantes de lunares y coronaba tan atrevida vestimenta con un precioso sombrero de copa a rayas blancas y azules.

Eusebio miró al público, hizo una reverencia y dando saltitos se subió en un atril situado en un extremo de la pista.

—Querido público,
van a presenciar algo
asombroso —dijo
Eusebio, y miró al
techo de la carpa.

El techo se abrió en un círculo que dejó ver el cielo estrellado y la luna llena.

Unos violines comenzaron a sonar con tanta fineza que parecían llorar.

Y una preciosa y delicada pulga comenzó a descender desde el cielo sentada en un trapecio. Era Anuska, la bella Anuska, que con su tutú y su corona de brillantes parecía una muñequita rusa.

Empezó a columpiarse lentamente en su trapecio y mientras este oscilaba de un lado al otro del circo, realizaba preciosas cabriolas.

El público estaba hipnotizado y seguía los ejercicios de Anuska, que parecía acariciar el aire.

—Oooooh, aaaaah— decían cuando la pulga trapecista hacía alguna acrobacia.

De pronto y de un salto, Anuska, se colocó en la cuerda floja con perfecto equilibrio,

abrió un paraguas y caminó por ella con tanta dulzura
y profesionalidad, que el público rompió en un gran aplauso. Anuska miró al
público y diciendo adiós con la patita desapareció en la oscuridad.

TAN, TAN, TAN, TAN, TAN
TAN, TAN, TAN
TAN, TAN, TAN, TAN, TAN

Empezaron a sonar unos tambores. Las luces subieron su intensidad y
Eusebio, enérgico, dijo:

—¡Y ahora, desde Polonia, tierra de forzudos, otro milagro de la naturaleza.

La pulga más fuerte del mundo: "El Hercúleo Mariusz"!

—¡Increíble! —comentaban algunas pulgas del público cuando Mariusz hizo su
aparición.

Cogió a cinco pulgas
en cada mano.
Movió con una simple
patada una piedra
de muchos kilos.
Aguantó el peso
de una bicicleta, llenita
de pulguitas, con la boca.
Con sus dos brazos levantó
una fila de butacas que empezó
a girar con sólo una mano.
¡Imaginad los gritos de horror de los espectadores
que ocupaban esos asientos!
Y para terminar cogió con un solo dedo
el atril donde estaba Eusebio y se lo llevó
entre bastidores.
El público aplaudía a rabiar y algunos gritaban:

—¡¡¡¡Mariusz, Mariusz, Mariusz!!!!

El espectáculo continuó:
Pulgas payaso, pulgas acróbatas, pulgas que echaban fuego por la boca, otras malabaristas, más trapecistas, funambulistas, otra vez payasos, pulgas barbudas....

María de los Saltos no paraba de apuntar en su libreta. Tenía una sonrisa de oreja a oreja. ¿Cómo no llorar de la risa viendo a los payasos Palante y Patrás?

¿Y acaso no era extraordinario
ver cómo "Pati Platillos" podía
mantener en equilibrio toda la vajilla
de su abuela Margarita?

O cómo no admirar la valentía de "León"
domando al temible "Bulldog Inglés",
cuyas babas pueden paralizar durante horas a una pulga.

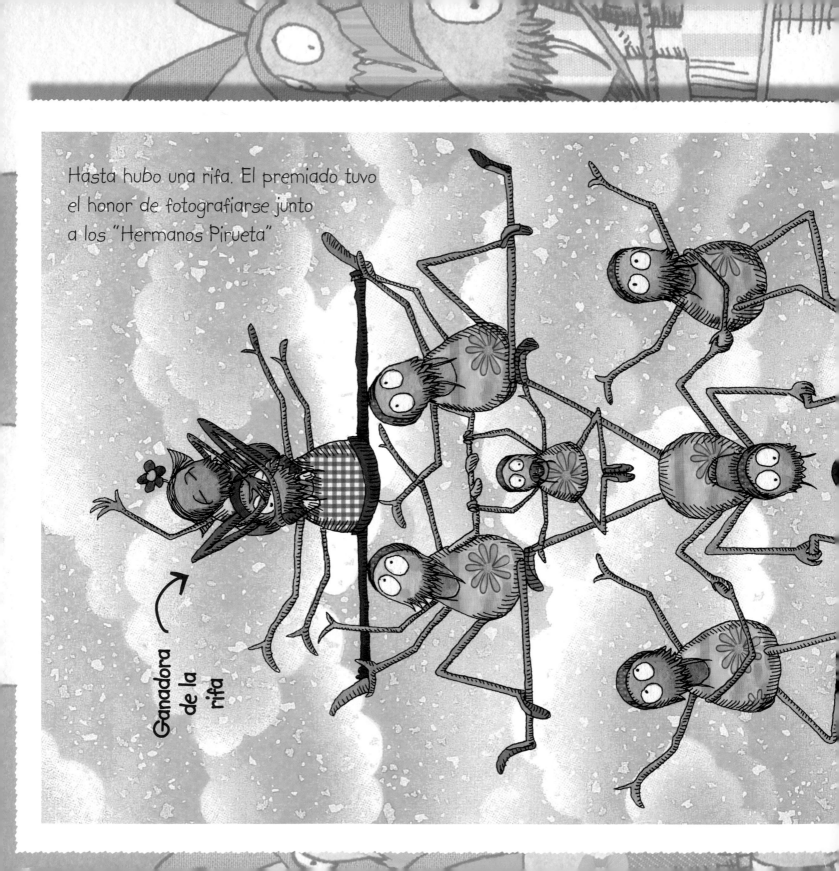

Hasta hubo una rifa. El premiado tuvo
el honor de fotografiarse junto
a los "Hermanos Pirueta"

Ganadora
de la
rifa

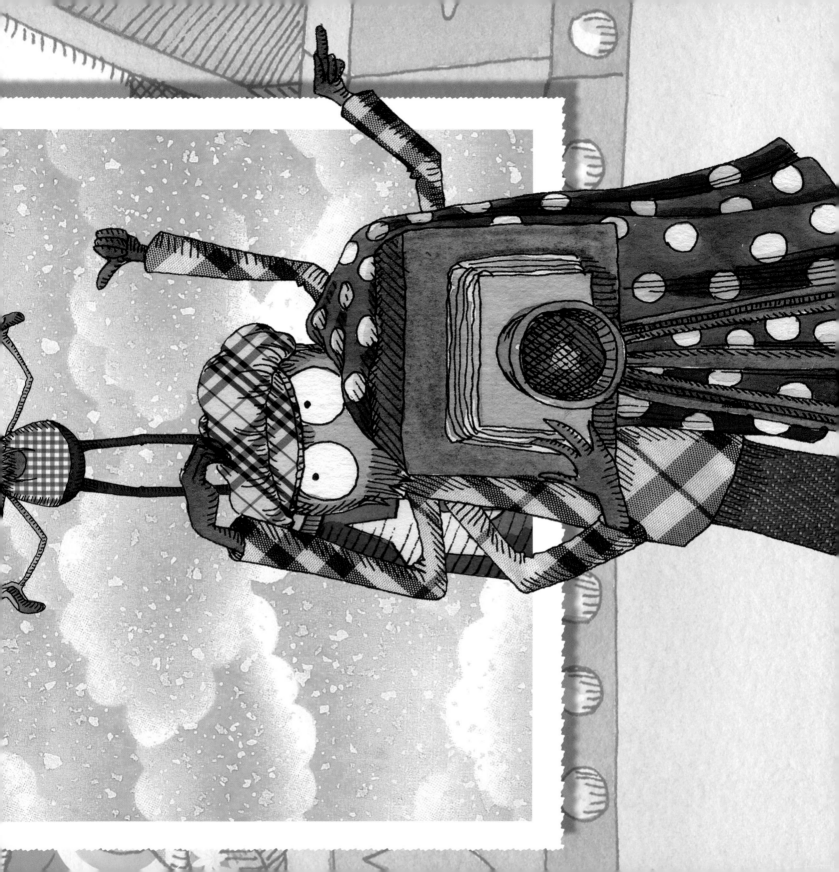

TAN, TAN, TAN, TAN, TAN
TAN, TAN, TAN
TAN, TAN, TAN, TAN, TAN
TAN, TAN, TAN

El espectáculo estaba a punto de acabar con el
número estrella.

—Y para terminar y esperando que hayan sido
felices y se marchen a casa llenos de ilusión
—dijo Eusebio—, nuestra última y esperada artista

¡¡¡¡¡¡¡"La pulga bala"!!!!!!!!

Y allí apareció "Balinka la fantástica" con su casco,
sus gafas y su traje de plata.
El público aplaudía tanto que sus patitas enrojecían
¡Aplaudían a rabiar!
"Balinka la fantástica" les saludaba sonriendo.
Era una pulga feliz.

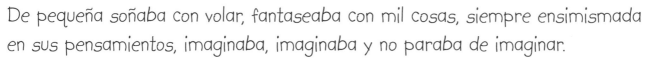

De pequeña soñaba con volar, fantaseaba con mil cosas, siempre ensimismada en sus pensamientos, imaginaba, imaginaba y no paraba de imaginar.

—¿Dónde está Balinka? —preguntaban sus hermanos.

—En la luna —decía su mamá—, dónde va a estar...

Y sí," Balinka la fantástica" estaría pronto en la luna. Se puso el casco, se colocó las gafas, se metió en el negro orificio del cañón, dijo adiós con la patita y esperó a que Eusebio prendiese la mecha.
Eusebio encendió una cerilla, prendió la mecha y empezó la cuenta atrás:

El público también contaba puesto en pie.
María de los Saltos también se levantó y se ajustó las gafas.

6, 5, 4...

Todas las pulgas se tomaron
de la mano. Todas estaban
tan emocionadas
que gritaron a la vez...

3, 2, 1...

¡¡¡¡CEROOOOOOO!!!!

y...

¡¡¡¡BOOOOOOMMMM!!!!

"Balinka la fantástica" como una bala salió disparada.
hacia la luna. Una luna llena, blanca y hermosa.

Durante unos días Balinka se quedaba en su casa de la luna. Le encantaba el silencio, mirar las estrellas, pensar y tejer su manta de cuadros.

—¿Balinka, no le importa permanecer tan sola en la luna? —le preguntó un periodista en cierta ocasión.

—Cuando uno está en la luna, vive sólo con su imaginación, pero es tan extraordinario y mágico... —contesto la lunática pulga con sonrisa de "oreja a oreja".

El espectáculo había terminado. El público volvía a sus casas feliz.
Estas pulgas tan diminutas, tan a primera vista insignificantes,
seguirían por todo el mundo con su arte, alegrando la vida
y el corazón de los demás.
En su siguiente destino, Balinka sería otra vez lanzada
por Eusebio a la luna...
Porque el espectáculo debía continuar...

¡Titotirotiroritotiro
Titotirotiroritotiro
Titiroriro Titiroriro
Tiroririrorirorirorirororiro!